¿Es esa mi gata?

Jonathan Allen

Uranito

Argentina • Chile • Colombia • España
Estados Unidos • México • Perú • Uruguay • Venezuela

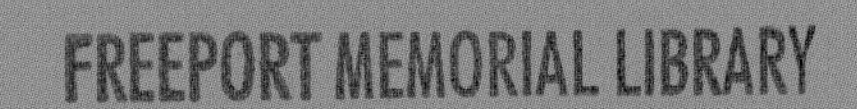

¿Es esa mi gata?

Imposible.

Mi gatita es
delgada y elegante.

¿Es esa mi gata?
Imposible.

Mi gatita entra
y sale por la gatera
de un salto.

¿Es esa mi gata?
¿Qué ha pasado con
la gatita menuda que podía
levantar con una mano?

¿Es esa mi gata?
Imposible.

Mi gata es una
quisquillosa que nunca
se termina la comida.

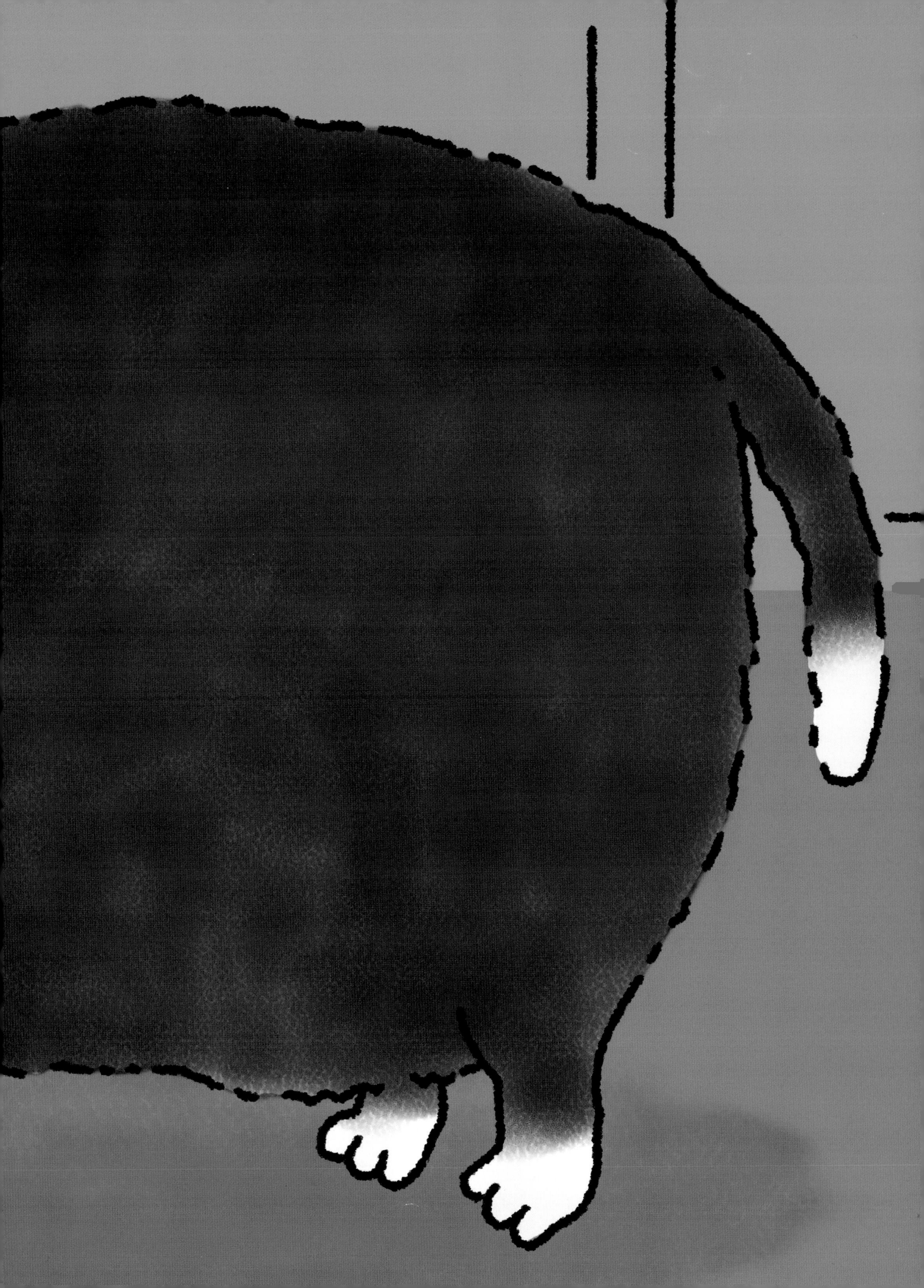

¿Es esa mi gata?
¡Ni hablar!
A mi gata jamás
se le escapa un ratón.

¿Es esa mi gata?
Imposible.

Mi gatita es traviesa,
y siempre tiene ganas de jugar.

Esa no puede
ser mi gata.
Mi gata es una
valiente que trepa
a los árboles.

¿Es esa mi gata?
Imposible.
Mi gata es muy despierta
y se sienta alerta
en el alféizar.

¿Es esa mi gata?
¿La que ronronea
en el armario
de la entrada?

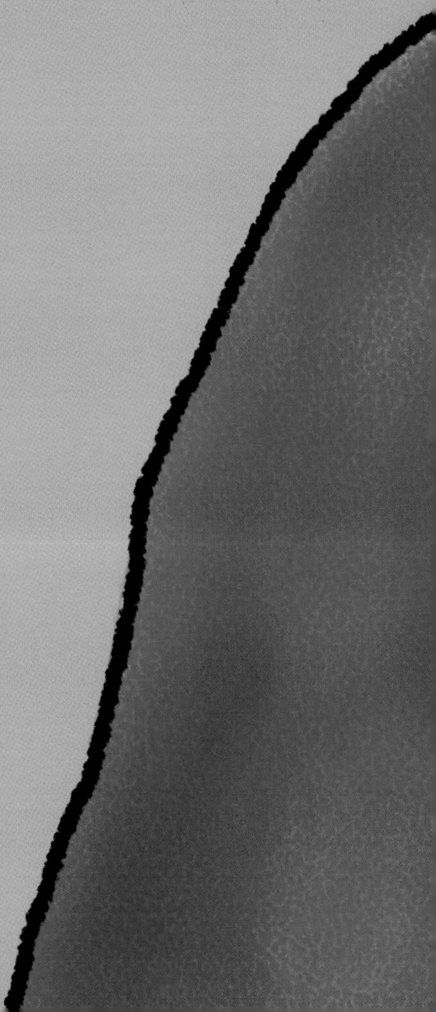

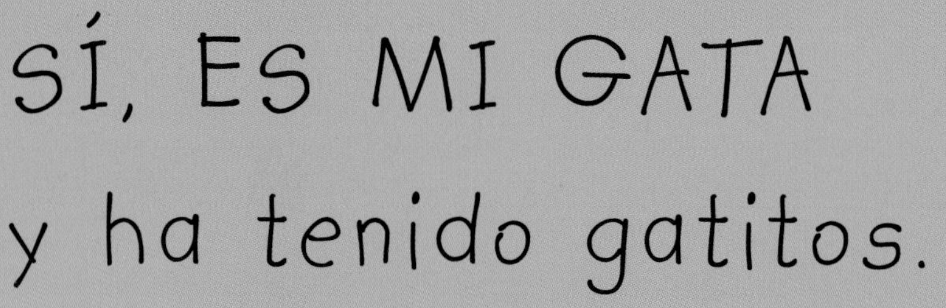

SÍ, ES MI GATA
y ha tenido gatitos.

¿Son mis gatitos?

¡SÍ, CLARO QUE SÍ!

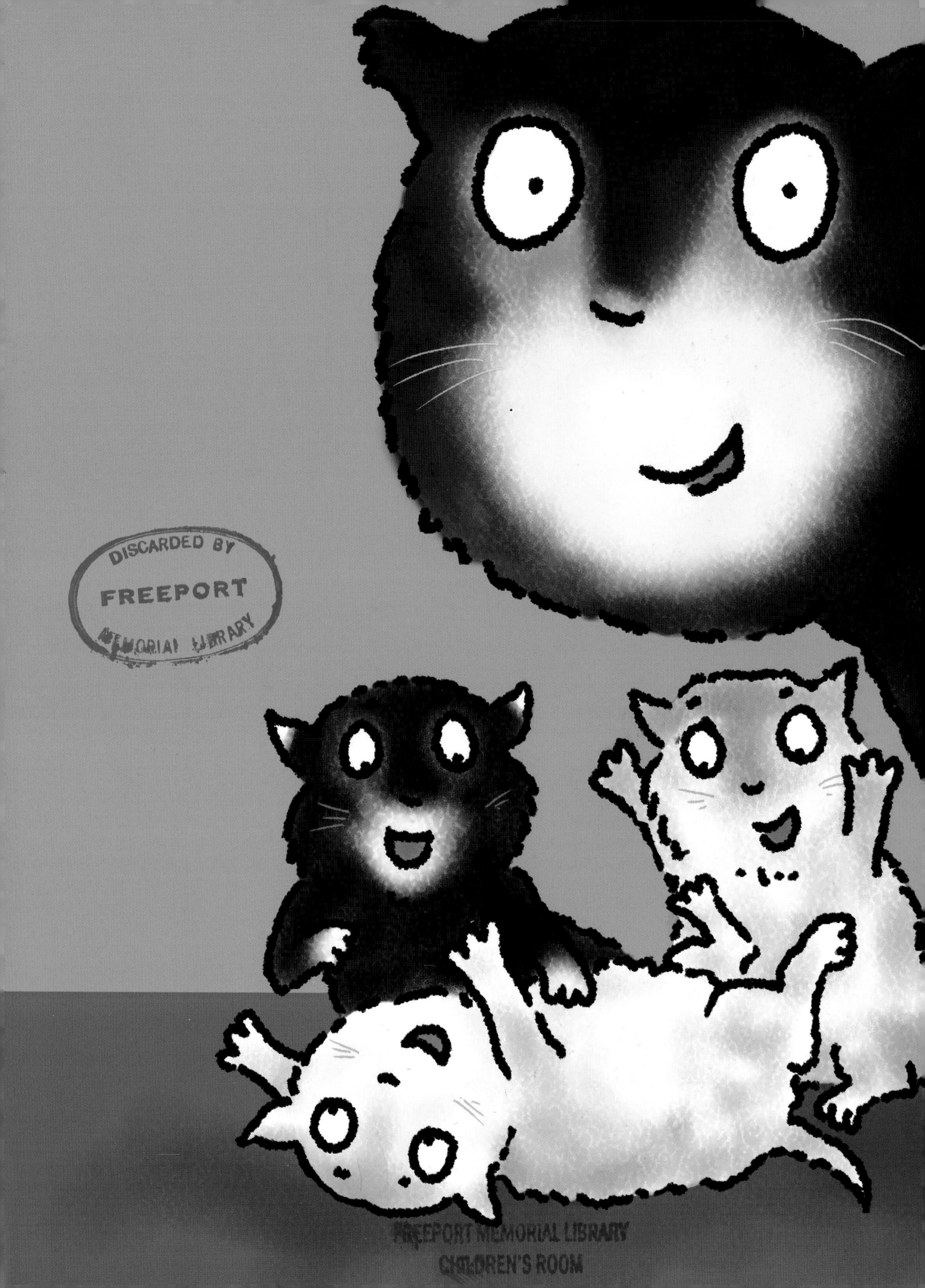

A todos los gatos y gatas que he tenido el placer
de conocer en mi vida, fuesen gordos o no.
J. A.

Título original: *Is that my cat?*
Editor original: Boxer Books
www.boxerbooks.com
Texto e ilustraciones: Jonathan Allen

Traducción: Equipo editorial

1.ª edición Enero 2017

Aribau, 142 pral. - 08036 Barcelona
www.uranito.com

ISBN: 978-84-16773-09-1
Depósito legal: B-23.401-2016

Fotocomposición: Ediciones Urano, S.A.U.

Impreso por: Gráficas Estella, S.A.
Carretera de Estella a Tafalla, km 2 - 31200 Estella (Navarra)

Impreso en España - *Printed in Spain*